Analyse de l'œuvre

Par Kelly Carrein

La vie est un roman

de Guillaume Musso

lePetitLittéraire.fr

Analyse de l'œuvre

Par Kelly Carrein

La vie est un roman

de Guillaume Musso

lePetitLittéraire.fr

LA VIE EST UN ROMAN

UNE FRONTIÈRE FLOUE ENTRE FICTION ET RÉALITÉ

- **Genre :** roman.
- **Édition de référence :** *La vie est un roman*, Paris, Le Livre de Poche, 2021, 335 p.
- **1re édition :** 2020.
- **Thématiques :** écriture, mystère, disparition, famille, dépression, brouillage de la réalité, mise en abyme.

À New York, la jeune Carrie, fille de la romancière à succès Flora Conway, disparait de façon inexplicable lors d'une partie de cachecache dans un appartement verrouillé de l'intérieur. Romain Ozorski, un écrivain français déprimé, est la seule personne qui détient la clé de ce mystère, et Flora est prête à tout pour obtenir son aide. À travers les destins croisés de Flora et Romain, Guillaume Musso explore l'activité d'écrivain – et ses travers – tout en brouillant la frontière entre la réalité et l'imaginaire. Le roman est une complexe illustration de la mise en abyme, c'est-à-dire de l'œuvre au sein de l'œuvre, et mêle suspense et réflexions sur l'essence même de la littérature. La critique salue le texte comme « l'un des meilleurs » de Musso (*Le Parisien*) et souligne l'hommage qui est fait à la littérature et aux écrivains par les multiples références. Comme ses prédécesseurs, le roman est un succès de librairie dès sa sortie.

GUILLAUME MUSSO

ÉCRIVAIN FRANÇAIS

Né en 1974 à Antibes.
Quelques-unes de ses œuvres :

- *Et après...* (2004), roman.
- *La Fille de papier* (2010), roman.
- *La Jeune Fille et la nuit* (2018), roman.

Guillaume Musso se lance dans l'écriture quand il est encore étudiant. Il est passionné par les États-Unis, qui apparaissent souvent dans ses romans. Son premier roman, un thriller intitulé *Skidamarink*, est publié en 2001, et sera par la suite réédité en 2020. Cependant, ce n'est qu'avec *Et après...*, publié en 2004, qu'il connait véritablement le succès : le roman se vend à plus de deux millions d'exemplaires, est traduit dans plus de vingt langues et adapté au cinéma en 2009. Par la suite, il publie annuellement de nouveaux romans qui trustent les premières places des ventes, faisant de lui le romancier le plus lu en France en 2020, pour la dixième année consécutive, avec plus d'un-million-cinq-cent-mille exemplaires vendus. Même si les critiques littéraires ont tendance à être positifs à son égard, ses romans sont parfois la cible d'attaques, car jugés trop populaires. Publié chez XO Éditions depuis 2003, il quitte cette maison en 2018 pour rejoindre Calmann-Lévy.

RÉSUMÉ

UNE DISPARITION PLUS QUE MYSTÉRIEUSE

Un après-midi d'avril 2010, la romancière Flora Conway rentre dans son appartement new-yorkais après avoir récupéré à l'école Carrie, sa fille de trois ans. Comme souvent, elles entament une partie de cachecache. Cependant, cette fois-ci, après avoir exploré l'appartement d'un bout à l'autre, Flora ne retrouve pas sa fille. Pourtant, la porte de l'appartement est verrouillée depuis leur retour et les fenêtres sont scellées. La caméra de surveillance du couloir confirme que personne n'est entré ou sorti de l'appartement entre le retour de Flora et Carrie et l'arrivée de la police.

Six mois plus tard, la petite fille reste introuvable et Flora a plongé dans la dépression. Fantine, son éditrice, la presse d'utiliser cette douleur pour rédiger son prochain roman. Pour l'y inciter, elle lui offre un ancien stylo qui aurait appartenu à la romancière Virginia Wolf, ainsi qu'un flacon d'encre. Le soir, au bord du désespoir, la romancière écrit les mots « Je veux revoir Carrie » sur un cahier, et rêve de sa fille pendant la nuit.

Le lendemain, elle reçoit la visite de Mark Rutelli, l'un des policiers présents le jour de la disparition de Carrie, qui, bien que désormais à la retraite, poursuit l'enquête. Il lui apprend avoir pris Fantine en filature depuis plusieurs jours et l'avoir vue acheter le stylo dans une boutique d'antiquités spécialisée dans les objets ayant appartenu à des écrivains. Flora accepte à contrecœur de lui laisser le stylo pour qu'il le fasse analyser. Le soir même, elle trempe son doigt dans l'encre et écrit « Je veux revoir Carrie une heure avant sa disparition ». Elle revit à nouveau en rêve l'heure qui a précédé la disparition de sa fille. Au réveil, le policier l'appelle avec une annonce glaçante : l'un des composants de l'encre est le sang de sa fille.

Complètement désemparée, Flora sent une présence invisible autour d'elle, comme si elle était le jouet d'une force extérieure. Elle réalise alors qu'elle n'est pas maitresse de son destin, car elle est elle-même un personnage de roman. Elle-même écrivaine, elle sait comment échapper à cette emprise : elle s'empare de l'arme que Rutelli a oubliée chez elle et interpelle son créateur, menaçant de se suicider s'il ne l'arrête pas.

À Paris, l'écrivain français Romain Ozorski se retrouve dans l'embarras face à Flora, son personnage de roman qui menace de se suicider. Auteur à succès, il a l'habitude de se laisser surprendre par les actions de ses personnages durant le processus d'écriture, mais ne s'est jamais retrouvé face à une héroïne hors de contrôle et ignore comment se sortir de cette situation.

UN ÉCRIVAIN DÉSESPÉRÉ

Le désespoir de Flora fait écho au désespoir de Romain. Sa femme Almine l'a quitté et veut partir vivre aux États-Unis avec Théo, leur fils de six ans. Revancharde, elle a également mené une véritable guerre contre lui pour le faire passer pour un homme violent auprès des médias, notamment en s'envoyant de faux SMS d'insultes et de menaces.

Lors d'une discussion avec Jasper, son agent, Romain lui confie ne pas vouloir finir son roman, car il ne mène nulle part. Jasper suggère alors qu'il exploite la ficelle de la création (Flora) souhaitant rencontrer son créateur (Romain) et qu'il se mette en scène dans son propre roman. Romain se montre d'abord réticent. Jasper lui fait alors croire qu'il l'emmène chez un médecin pour soigner sa toux, mais il laisse Romain chez une psychiatre. Celle-ci suggère que, comme il passe la majeure partie de sa vie avec des personnages de fiction depuis de longues années, sa « vraie vie » s'est retrouvée parasitée. Elle trouve que l'auteur devrait donc s'introduire dans son propre roman afin de reprendre le contrôle de son existence.

Romain accepte alors l'idée. Il se retrouve à New York, auprès de Flora qui s'apprête à se tirer une balle dans la tête. Il se présente à elle comme l'auteur du roman ; d'abord hésitante, elle consent ensuite à l'écouter. Il lui annonce qu'il ne lui rendra pas sa fille et qu'il souhaite laisser tomber l'écriture du texte.

Le lendemain de cette expérience, Romain essaie de convaincre Almine, sa future ex-femme, de rester en France pour qu'il puisse continuer à voir son fils. Elle refuse, allant jusqu'à lui cracher des insultes au visage et souhaiter sa mort. De retour chez lui, Kadija, la nounou de Théo (qui arrange des rencontres presque quotidiennes mais secrètes entre Romain et son fils) veut pousser

Romain à agir pour qu'il puisse conserver son garçon auprès de lui. Comme il ne réagit pas, elle s'énerve, lui disant qu'il mérite peut-être ce qui lui arrive. Déboussolé d'avoir perdu ce qui lui semblait être son seul soutien, le romancier se réfugie devant son ordinateur et retourne auprès de Flora.

LA FICTION REJOINT LA RÉALITÉ

Quand il se renvoie à New York, il se retrouve devant un hôpital, car Flora a tenté de se suicider en s'ouvrant les veines. Des journalistes font le pied de grue devant le bâtiment, attendant impatiemment qu'elle saute par la fenêtre. Romain trouve Mark Rutelli à proximité et entre avec lui dans l'hôpital pour trouver la chambre de Flora. Cette dernière envoie Rutelli lui chercher à manger pour rester en tête-à-tête avec l'écrivain, à qui elle avoue que sa tentative de suicide est le seul moyen qu'elle ait trouvé pour le faire revenir auprès d'elle. Ils sont alors interrompus par un coup de téléphone d'Almine, qui renvoie Romain à Paris.

L'écrivain écoute le message vocal laissé par son ex-femme, mais il n'y entend que sa respiration, comme si elle avait enregistré le message sans le remarquer. Désireux d'en avoir le cœur net, il se rend au milieu de la nuit sur la péniche où elle vit depuis qu'elle l'a quitté. Il la découvre inanimée, victime d'une overdose. Romain est face à un dilemme : les derniers mois de sa vie ont été particulièrement difficiles et il a dû subir pas mal de choses (le départ de sa femme, les accusations de violence qui lui ont fait perdre de nombreux fans, la perte à venir de son fils).

Face à Almine mourante, il peut enfin choisir : doit-il la laisser mourir, ce qui ferait disparaitre ses problèmes légaux et lui permettrait de récupérer son fils, ou doit-il agir moralement et appeler les secours ? Il décide de la laisser mourir et retourne à sa voiture, où Flora lui apparait sur le siège passager. Elle l'implore de ne pas devenir un assassin et de sauver Almine. Alors qu'elle disparait, Romain retourne sur le bateau et se résout à appeler les secours.

Il poursuit ensuite l'écriture de son roman. À New York, Flora se rend chez son éditrice, qui habite dans un logement reculé, dans le but de lui faire avouer ce qu'elle sait de la disparition de Carrie. Elle la menace d'un scalpel pour savoir où elle séquestre sa fille. Pour la romancière, Fantine est forcément la coupable, qui a enlevé la fillette pour la plonger dans le désespoir dans le but de lui faire écrire d'autres livres. Fantine révèle alors que Carrie est morte depuis six mois, défenestrée lors de la partie de cachecache et que Flora est internée depuis parce qu'elle refuse de l'admettre. Cette révélation remet la romancière face à la réalité, et elle veut se jeter dans le vide.

LA RÉALITÉ REJOINT LA FICTION

En France, Almine - sauvée in extrémis - a décidé d'avancer son départ pour les États-Unis. Début janvier, Romain est désespéré, il n'a plus écrit une ligne et est souffrant en permanence. Lors d'une déambulation fiévreuse dans Paris, il entre dans une église orthodoxe russe et s'adresse au Christ, lui promettant d'arrêter d'écrire et de se prendre pour Dieu s'il lui rend son fils. À New York, Théo vient justement de subir une intervention bénigne à l'hôpital. Il a pu déjouer la surveillance du personnel médical et se rendre à l'aéroport, où il a embarqué seul, sans éveiller les soupçons de personne, pour partir en France retrouver son père. Suite à cet épisode, sa mère le laisse retourner vivre auprès de Romain.

En 2022, Romain, qui n'a plus rien écrit depuis 2010, vit en Corse et Théo – désormais âgé de 18 ans – fait des études de médecine à Bordeaux. Romain raccompagne son fils à l'aéroport après une visite. Mu par une subite intuition, Théo décide de ne pas embarquer et retourne au parking, où son père s'effondre au même instant, victime d'un malaise cardiaque. Sur son lit d'hôpital, il demande à son fils de retourner à Paris dans son ancien bureau, afin de récupérer le tapuscrit inachevé de l'histoire de Flora et trois cahiers.

Lorsqu'il découvre le texte, Théo est surpris de voir que son père a choisi de mettre en scène Flora Conway, une écrivaine contemporaine, plutôt qu'une romancière de fiction. Quant aux trois cahiers cachés dans la cheminée, ils contiennent des textes en anglais, qui sont les trois romans publiés de Flora Conway. Le jeune homme comprend alors que son père se cache sous le pseudonyme de Flora Conway depuis de nombreuses années. Lorsqu'il était au sommet de sa popularité, Romain a voulu se créer une deuxième personnalité littéraire par le biais de l'écriture de romans différents de son genre habituel et en anglais.

Désireux d'obtenir de plus amples explications, Théo se rend à la maison d'édition Fantine de Vilatte pour y rencontrer l'éditrice. Celle-ci lui apprend qu'elle a eu une liaison avec Romain des années plus tôt, alors qu'elle avait vingt-cinq ans. Il planifiait de quitter Almine pour elle, mais elle lui a révélé être enceinte de lui : il est donc resté auprès d'elle et de Théo. Quelques mois plus tard, Fantine, qui n'était alors qu'une assistante, avait trouvé sur son bureau un manuscrit en anglais intitulé *The girl in the labyrinth*, soi-disant rédigé par Frederik Andersen. Une brève recherche sur Internet lui avait permis de découvrir qu'il s'agissait d'un homme de 67 ans, mort seul à son domicile. En s'introduisant dans l'immeuble où étaient encore stockées ses affaires, elle a trouvé deux autres romans. À leur lecture, elle a décidé de fonder sa propre maison d'édition pour les publier sous le pseudonyme de Flora Conway, un personnage mystérieux qu'elle a construit de toutes pièces, car Frederik Andersen, l'homme décédé dont Romain avait emprunté l'identité pour signer ses romans, n'aurait pas constitué une personnalité suffisamment intéressante pour promouvoir le livre. Ce n'est que suite à l'hospitalisation de Romain en 2022 et à un e-mail qu'il lui a envoyé que l'éditrice apprend que son ancien amant est en vérité l'auteur des textes de Flora. Elle part en Corse le retrouver à l'hôpital et ils se remettent ensemble.

Un an plus tard, Romain éprouve le besoin de finir l'histoire de Flora. Lors d'un voyage en amoureux avec Fantine, il se remet à l'écriture et s'envoie sur une plage dans le New Jersey. Dans cette dernière scène de son roman, il découvre une femme qui lit le dernier roman de Flora Conway, *Life after Life*. La quatrième de couverture lui apprend qu'il est à son tour devenu l'un des personnages d'un roman de Flora, bouclant ainsi la boucle. Au loin, il repère Mark Rutelli, qui est désormais père d'une petite fille de huit ans qu'il a eue avec Flora.

ÉTUDE DES PERSONNAGES

ROMAIN OZORSKI

En 2010, au début du roman, Romain est âgé de quarante-cinq ans. Il est un des écrivains les plus lus en France, ayant publié dix-neuf romans depuis l'âge de vingt-et-un ans. L'écriture prend une très grande partie de sa vie, et il aime avoir l'impression de jouer à Dieu avec ses personnages. Son métier a progressivement pris le pas sur sa vie familiale.

Il est père d'un garçon, Théo, né en 2004. Il a rencontré la mère de celui-ci, Almine, à Londres quelques années plus tôt. Cependant, il a également entretenu une liaison avec Fantine de Vilatte, alors jeune assistante dans une maison d'édition, qui fut son véritable grand amour. Il planifiait de quitter Almine pour elle, mais l'arrivée de Théo l'a fait changer d'avis et il est demeuré dans ce mariage pour pouvoir être auprès de son fils.

Désireux d'acquérir une nouvelle liberté artistique, il souhaite se créer un pseudonyme pour publier des livres en anglais. Il envoie alors anonymement son premier manuscrit à Fantine, qui crée sa propre maison d'édition pour le publier. Selon lui, renaitre en tant qu'écrivain sous un autre nom est un des plus grands fantasmes d'un écrivain, et il se délecte de voir les mêmes critiques littéraires encenser un roman de Flora et dénigrer l'un des siens.

Son caractère d'écrivain fait de lui un homme discret, qui préfère passer ses journées auprès de ses personnages de fiction. Lorsqu'Almine décide de le quitter, elle ne le fait pas sans heurts. Elle lui vole notamment son téléphone pour s'envoyer à elle-même des SMS d'insultes et de menaces. Elle donne de nombreuses interviews aux médias pour dépeindre son mari comme quelqu'un de violent, voire dangereux. La réputation de l'écrivain vole en éclats et de nombreux lecteurs se détournent de ses œuvres.

Face aux manipulations de son ex-femme, Romain a tendance à être passif. Son seul acte de rébellion véritable consiste – avec la complicité de la nounou Kadija – à voler chaque jour une heure auprès de son fils, une fois l'école terminée. Il aime le garçonnet plus que tout au monde, lui témoignant une infinie tendresse même lorsque l'enfant est devenu adulte. Il serait prêt aux plus grands sacrifices pour ne pas en perdre la garde.

FLORA CONWAY

Derrière les romans de Flora Conway, au nombre de trois, se cache en vérité Romain. Cependant, il avait envoyé le premier roman *The girl in the labyrinth* sous le pseudonyme de Frederik Andersen. Flora est en vérité un alter ego créé par Fantine, qui estimait que le personnage d'une femme mystérieuse serait plus commercial que celui d'Andersen, un ancien professeur mort seul chez lui.

Fantine élabore le personnage de Flora de toutes pièces. Elle lui invente une phobie sociale justifiant l'absence de la romancière à des remises de prix. Elle ne rencontre jamais ses lecteurs et donne de rares interviews uniquement par e-mail. La seule photo connue de Flora est en vérité une photo un peu floue de la grand-mère de Fantine. L'éditrice étoffe la biographie de Flora de détails pour la rendre crédible : elle lui donne des origines galloises et un premier emploi dans un bar new-yorkais qui aurait prétendument servi d'inspiration à son premier roman.

Dans le roman de Romain, Flora Conway est mère d'une petite fille de trois ans, Carrie, née d'une relation éphémère avec un homme plus jeune. Elle partage avec Romain le fait d'aimer inconditionnellement son enfant. Lorsqu'elle la perd lors de cette dramatique partie de cachecache, le désespoir s'empare d'elle, tout comme il s'est emparé de Romain lorsqu'il a appris qu'Almine souhaitait emmener Théo aux États-Unis.

FANTINE DE VILATTE

Fantine est une brillante éditrice. Tout d'abord assistante d'une assistante dans une maison d'édition, c'est la découverte du manuscrit *The girl in the labyrinth* qui la pousse à emprunter de l'argent pour créer sa propre maison d'édition en 2004. Au fil des ans, elle se construit une solide réputation dans le métier. Elle se consacre entièrement à son projet, dans le but d'oublier Romain, qui vient de la quitter pour la naissance de son fils. Sa maison d'édition connait un beau succès, publiant chaque année moins d'une dizaine de romans triés sur le volet. Le succès a transformé une jeune femme discrète en véritable femme d'affaires assurée.

Dans le roman de Romain, Fantine est également une talentueuse éditrice, qui encadre Flora à la fois sur le plan professionnel et sur le plan amical. Cependant, elle semble n'avoir aucun intérêt pour Carrie (même s'il lui est arrivé d'officier en tant que babysitteuse) et sa disparition ne l'émeut pas. Elle va même jusqu'à suggérer à Flora d'utiliser sa douleur pour coucher sur le papier un nouveau roman.

ALMINE

Ancien mannequin, Almine semble avoir une santé mentale variable, qui alterne entre exaltation et dépression. Elle passe bien plus de temps à prendre part à des manifestations politiques ou écologiques qu'à s'occuper de son fils, qu'elle délègue souvent à la nounou.

Théo est pour elle un simple instrument dans sa vendetta contre Romain. En plus de vouloir lui retirer son fils en l'emmenant aux États-Unis avec elle, elle n'hésite pas à cracher au visage de son ex qu'elle aimerait qu'il « crève ». Elle a entamé une véritable campagne médiatique pour le discréditer, donnant à tout va des interviews pour l'accuser des pires maux et allant jusqu'à s'envoyer de faux SMS de menaces et d'insultes depuis son téléphone. Elle apparait comme une manipulatrice revancharde et Romain, qui pourtant s'évertuait à ne pas la haïr pour le bien de Théo, souhaiterait la voir disparaitre. Il la sauve d'une overdose à Paris à la fin 2010, mais ce salut n'est que provisoire : elle décède d'une autre overdose en 2014.

THÉO

Au début du roman, Théo est un petit garçon de six ans blond à lunettes, qui aime faire des tours de magie pour son père. Il souffre de la séparation de ses parents et préfèrerait rester aux côtés de son père. Ingénieux, il parvient à l'âge de sept ans à quitter la surveillance du personnel médical et à déjouer la sécurité de l'aéroport de New York pour rejoindre Romain en France.

Devenu adulte, Théo est un jeune homme mature, étudiant en médecine. Il est toujours proche de son père et apprécie ses nombreuses marques d'affection.

CLÉS DE LECTURE

ROMANCER L'ACTIVITÉ D'ÉCRIVAIN

À travers son roman et le personnage de Romain, Guillaume Musso met en scène l'acte d'écriture sous ses différents aspects. Ce faisant, il met en lumière le métier d'écrivain, qui se déroule souvent dans l'ombre. Il s'attarde sur les avantages, mais aussi sur les inconvénients. Il se sert donc du médian littéraire pour présenter l'activité créatrice d'écriture, en puisant par moments dans son expérience personnelle :

- **L'omniprésence de l'activité d'écriture.** Dès les premiers chapitres qui mettent en scène Romain, il apparait évident que l'écriture est le centre de son existence. Âgé de quarante-cinq ans, le romancier a publié dix-neuf romans en vingt-quatre ans. Cette activité prolifique ne s'est évidemment pas faite sans sacrifices, et Romain semble passer bien plus de temps parmi ses personnages de fiction que dans le monde réel. Il a par conséquent lâché prise sur la réalité, où il n'est plus qu'un acteur passif face aux multiples ennuis qui se déversent sur lui. La psychiatre qu'il consulte – forcé par son agent – le remarque bien et pense que s'incorporer à son roman lui permettrait de reprendre le contrôle sur sa vie : « Un acte symbolique fort pour réaffirmer la prédominance de la vraie vie sur le monde imaginaire » (p. 141) ;

- **Se prendre pour Dieu.** En tant qu'écrivain, Romain se retrouve dans une position similaire à celui d'un Dieu tout-puissant : il est créateur de ses divers personnages, dont il connait absolument chaque détail de l'existence et de la personnalité ; il a aussi le pouvoir absolu de décider de leur avenir, et s'il veut leur imposer des malheurs, rien ni personne ne peut l'en empêcher. Cependant, sa vision divine se retrouve bousculée lorsque Flora acquiert une forme d'indépendance littéraire. Ainsi, lorsqu'Almine emmène Théo aux États-Unis, Romain fait une promesse fiévreuse au Christ qu'il trouve dans une église : « Si Tu me rends mon fils, je cesserai de me prendre pour Toi. Si Tu me rends mon fils, je cesserai d'écrire ! » (p. 247) ;
- **Les mauvais côtés du succès.** Romain a connu le succès littéraire très jeune. À la fin des années 1990, il a déjà publié plus d'une douzaine de romans et est, à l'instar de Guillaume Musso, l'un des auteurs les plus lus de France. Tout comme lui, ses romans constituent un « rendez-vous annuel » (p. 295), et sont très attendus par quantité d'avides lecteurs. Ces sorties régulières engendrent toujours les mêmes questions, qui lassent le romancier. Par ailleurs, son succès littéraire s'accompagne d'une célébrité qui ne semble pas l'intéresser ; cependant, celle-ci s'effrite à cause de ses problèmes personnels, puisque de nombreux lecteurs se détournent de lui après qu'Almine a utilisé les réseaux sociaux et les médias pour le faire passer pour un homme violent et dangereux ;

- **La volonté de s'inventer une nouvelle identité.** Suite à son succès, Romain se retrouve donc lassé du monde littéraire, mais désire toujours écrire. À l'instar d'auteurs qu'il admire, comme Romain Gary (Émile Ajar), Boris Vian (Vernon Sullivan) ou Raymond Queneau (Sally Mara) il décide de se créer un double littéraire et de prendre une nouvelle identité pour écrire d'autres romans. Ce processus est encore courant dans la littérature contemporaine. Sous le couvert de l'anonymat, il délaisse donc son genre de prédilection pour les romans plus sombres de Flora Conway. Il va même jusqu'à changer sa langue d'écriture, puisqu'il passe du français à l'anglais. Le romancier se délecte de ce changement, et, lorsqu'on lui demande de rédiger une critique littéraire d'un roman de Flora, il se montre négatif pour le plaisir. Il tire également un certain contentement de voir le même critique littéraire encenser l'œuvre de Flora et critiquer la sienne, ignorant qu'elles ont été écrites par la même personne. Sans le savoir, Fantine joue le jeu de Romain, puisqu'elle fait de Flora une recluse qui ne se montre pas en public, permettant ainsi aux deux alter ego de l'écrivain de coexister dans le monde littéraire.

LE JEU ENTRE LA RÉALITÉ ET LA FICTION

Tout au long de son récit, Guillaume Musso s'amuse à brouiller les frontières entre la réalité et la fiction, entre l'écrivain et son œuvre. Ce jeu narratif est annoncé dès le titre du roman, *La vie est un roman*, qui présente une équivalence d'emblée entre la « vie » (à comprendre ici dans le sens de la réalité dans laquelle Romain Ozorski évolue en tant qu'écrivain) et le « roman », c'est-à-dire l'œuvre qu'il cherche à produire. Tout au long du roman, les deux entités se confondent et finissent à la fin par se rejoindre. Au cours de la lecture, le lecteur passe par plusieurs étapes :

- **Un commencement classique.** Les premiers chapitres, consacrés à Flora et la disparition de Carrie, semblent constituer un début traditionnel de roman policier. Le décor y est planté, avec d'abord la présentation de la protagoniste principale, suivie très rapidement par l'élément déclencheur – à savoir la disparition mystérieuse de la petite fille dans un appartement verrouillé. Rien ne laisse présager au lecteur qu'il ne se trouve pas dans un roman policier des plus classiques ;

- **La projection dans un deuxième niveau de narration.** À la fin de la première partie, Flora a un déclic et réalise qu'elle est un personnage de fiction. Lorsqu'elle interpelle Romain en menaçant de se tirer une balle dans la tête, elle casse ainsi la frontière traditionnelle entre la création et son créateur. À partir de ce moment, la narratrice Flora s'efface et Romain prend le relai, également par le biais d'une narration interne à la première personne. Face à ce premier retournement de situation, le lecteur comprend alors qu'il se trouve dans un récit plus intime, qui va au-delà de l'affaire policière ;

- **Le deuxième retournement de situation**. Suite au changement de narrateur, le lecteur accepte une nouvelle réalité : Flora est un personnage de fiction inventé par Romain, qui lui-même est le véritable héros de *La vie est un roman*. La lecture progresse alors sous ce nouveau prisme pendant de nombreux chapitres, jusqu'à un deuxième retournement de situation. Celui-ci se dessine vers la fin du roman, quand Théo se rend dans l'ancien bureau de son père et découvre sur les étagères des romans de Flora Conway. À l'instar du jeune homme, le lecteur comprend alors que Flora est l'alter ego littéraire de Romain. À travers les quelques pages de roman qu'il a écrites, Romain a mis en scène le désespoir de Flora de perdre sa fille de façon inattendue et atroce, qui fait écho à son propre désespoir, puisqu'au moment de l'écriture en 2010, il était sur le point de perdre Théo, emmené contre son gré aux États-Unis par sa mère. L'écriture offre ainsi à Romain un exutoire pour exprimer sa douleur à travers le personnage de Flora ;

- **L'alliance de la réalité et la fiction**. En choisissant de s'incorporer à son roman et de rencontrer ainsi Flora, Romain devient un personnage de sa propre fiction. Ce faisant, il verse ainsi dans l'autofiction, un courant littéraire où l'auteur est à la fois le narrateur et l'un des personnages principaux. Cependant, l'autofiction traditionnelle est plus ancrée sur la vie de l'auteur, qui se trouve romancée et mêlée d'éléments fictifs ; ici, Romain s'intègre dans le récit en tant que personnage, mais aussi en tant que créateur même du récit. Le code du genre littéraire s'en retrouve une nouvelle fois bousculée, et Romain se dédouble en Romain-personnage et Romain-écrivain ; ces deux entités coexistent à certains moments et se confondent à d'autres. Sa présence dans le roman influence la trajectoire de Flora, puisque celle-ci fait une tentative de suicide pour le retrouver. Par la suite, c'est Flora qui apparait à Romain-écrivain dans sa vie réelle, et qui influence sa décision de sauver

Almine : après que la réalité de Romain se soit mêlée à la fiction, c'est désormais la fictionnelle Flora qui se mêle à la réalité de Romain.

La vie est un roman permet donc à Guillaume Musso de casser les codes préétablis de deux genres littéraires, à la fois le roman policier et l'autofiction. Le résultat est un roman hybride, impossible à ranger dans une case préétablie, qui n'a de cesse de surprendre le lecteur par les changements des codes littéraires. Il alterne par exemple les narrateurs selon les trois parties du roman (Flora dans la première partie, ensuite Romain dans la deuxième, puis Théo, Fantine et enfin à nouveau Romain dans la troisième), conservant cependant une narration à la première personne du singulier, quel que soit le narrateur. Il intercale également des articles journalistiques (qui comportent les codes bien définis du genre), brisant ainsi l'homogénéité romanesque.

Le saviez-vous ?

L'autofiction est un néologisme apparu en 1977. Ce genre littéraire se réclame à la fois de l'autobiographie (où l'auteur, le narrateur et le personnage principal ne font qu'un) et de la fiction. Beaucoup considèrent cependant que la toute première œuvre autofictionnelle est *À la recherche du temps perdu* de Marcel Proust, publiée en sept tomes entre 1913 et 1927.

LE PROCÉDÉ ARTISTIQUE DE MISE EN ABYME

La vie est un roman est un roman qui relate l'écriture d'un roman. Ce processus artistique qui consiste à placer une œuvre au sein d'une œuvre de même nature est appelé « mise en abyme ». L'écrivain français André Gide (1869-1951) est le premier à avoir utilisé l'expression dans son *Journal*, et son roman *Les faux-monnayeurs* (1925) en est l'une des illustrations les plus célèbres du XXe siècle, puisque le personnage d'Édouard y est représenté rédigeant un roman également intitulé « Les faux-monnayeurs ». Cependant, il n'est pas l'inventeur du procédé, qui avait déjà été utilisé par Corneille au XVIIe siècle dans *L'Illusion comique*, une pièce de théâtre tragicomique où des spectateurs assistent à une pièce de théâtre nommée « L'Illusion comique ».

Guillaume Musso reprend ce procédé dans son roman, faisant de Romain le personnage-auteur. La mise en abyme est dévoilée lorsque Flora réalise qu'elle est sous l'emprise d'un écrivain et s'adresse à Romain, menaçant de se suicider. Cette révélation constitue le premier retournement de situation, la première surprise au lecteur, qui pouvait se croire dans un roman policier traditionnel. Cette découverte offre la possibilité d'une relecture des évènements de la première partie du roman, consacrés à la disparition mystérieuse de Carrie.

Musso pousse le processus encore plus loin, puisqu'il est lui-même écrivain, mettant en scène un écrivain en train d'écrire un récit dont le personnage principal est aussi écrivain. Ce faisant, il entremêle avec brio les multiples niveaux de narration, passant de la vie de Romain à Paris à ses rencontres dans son roman avec Flora aux États-Unis.

Outre l'effet de surprise, la mise en abyme a pour fonction de permettre à l'auteur de s'étendre sur le métier d'écrivain et tout ce qui en découle : à travers le personnage de Romain, Musso illustre l'emprise que l'écriture peut avoir sur la vie d'un auteur, ainsi que les conséquences – parfois nocives – du succès. L'écriture a une véritable emprise sur la vie de Romain (au détriment des autres aspects de son existence, comme sa vie de famille), tout comme lui a un pouvoir sur la vie de Flora, puisqu'il peut décider de tout ce qui va lui arriver. Paradoxalement, écrire et s'incorporer dans le récit de Flora est la seule solution pour que Romain reprenne le contrôle de sa vie personnelle. Ces différents niveaux narratifs, construits par le procédé de mise en abyme, permettent donc à Musso de rompre avec les codes du roman de fiction traditionnel.

Le saviez-vous ?

La mise en abyme n'est cependant pas qu'un procédé littéraire, puisqu'elle peut se retrouver dans de nombreuses formes d'art différentes : en peinture, en musique, en arts graphiques, au cinéma, etc. Les célèbres poupées russes sont également une manifestation de mise en abyme.

PISTES DE RÉFLEXION

QUELQUES QUESTIONS POUR APPROFONDIR SA RÉFLEXION…

- Relevez les éléments du récit policier traditionnel présents dans la première partie du roman, c'est-à-dire les chapitres consacrés à Flora et à la disparition de Carrie.
- Au début du roman, Fantine dit à Flora : « Ce sont les livres qui décident que tu les écris, pas l'inverse ». Comment cette citation est-elle illustrée dans la suite du roman ?
- Quels sont les points communs entre Flora telle qu'elle apparait dans le roman de Romain et Romain en tant qu'écrivain ?
- Le roman est entrecoupé par des articles de journaux consacrés aux protagonistes : tantôt ils se réfèrent à Flora Conway, tantôt à Romain, et un est même entièrement dédié à Fantine. Qu'apportent ces articles à la lecture du roman et au développement de l'intrigue ?
- Le roman se distingue par une pluralité de narrateurs : d'abord Flora dans la première partie du roman, Romain dans la deuxième et la troisième, et même Théo et Fantine pour certains chapitres. Quel est l'effet de ce jeu de narration sur le lecteur ?
- Comment le procédé de mise en abyme change-t-il le regard du lecteur sur le personnage de Flora ?

- Après la fin du roman, Guillaume Musso joint une liste de quatre pages reprenant toutes les références littéraires faites au long du récit. Quel est, selon vous, l'effet recherché par l'omniprésence des références littéraires au sein du roman ?
- La quatrième de couverture évoque « la rage de vivre de[s] personnages » du roman. Comment celle-ci se manifeste-t-elle ?

POUR ALLER PLUS LOIN

ÉDITION DE RÉFÉRENCE

Musso G., *La vie est un roman*, Paris, Le Livre de Poche, 2021.

Votre avis nous intéresse !
Laissez un commentaire sur le site de votre librairie en ligne
et partagez vos coups de cœur sur les réseaux sociaux !

www.lepetitlitteraire.fr

ISBN version numérique : 9782808023375
ISBN version papier : 9782808023382
Dépôt légal : D/2021/12603/9

Conception numérique : Primento,
le partenaire numérique des éditeurs.